14€

Cierra los ojos

Victoria Pérez Escrivá

Claudia Ranucci

—Yo se lo intento explicar a mi hermano,
pero él siempre discute conmigo.

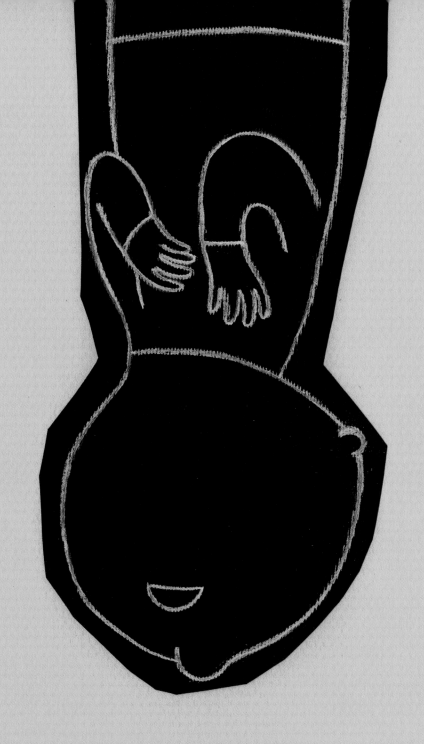

—Mira, un árbol es una planta muy alta
llena de hojas —le digo.

—No, un árbol es un palo muy grande
que sale del suelo y canta —me explica.

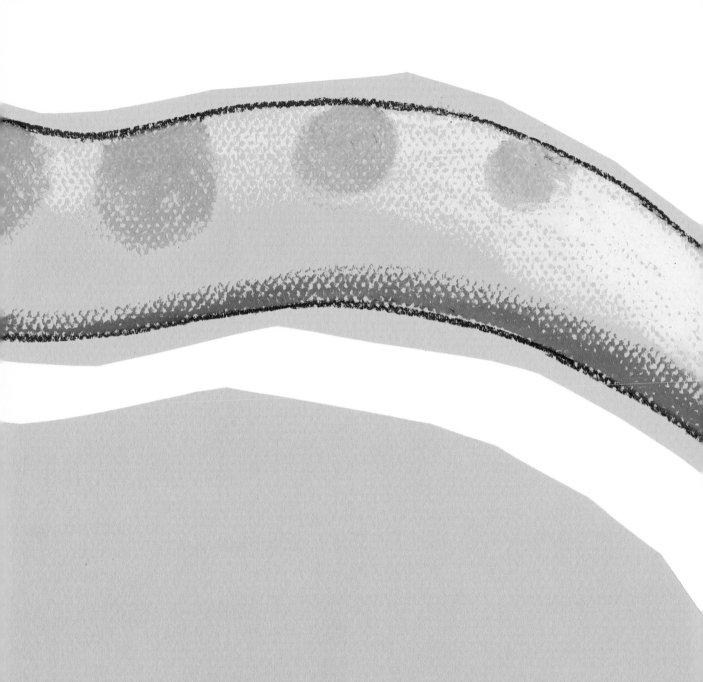

—Una culebra es un animal
que se arrastra y no tiene patas.

—No, una culebra es una cuerda fría y suave
que siempre se te escapa.

Tócala.

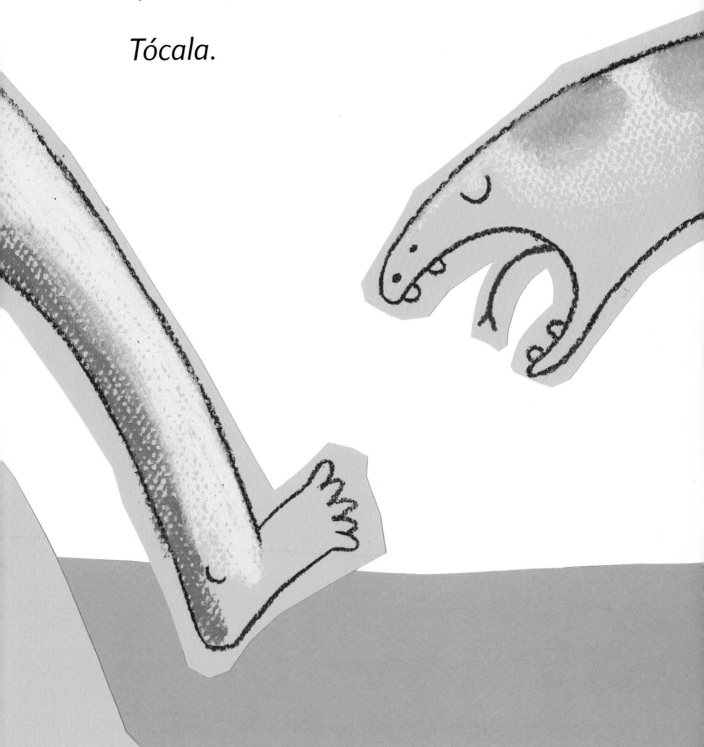

—Un reloj es una cosa
que te dice qué hora es.

—¡Qué va!, un reloj es una cajita de madera
con un corazón dentro.

Escucha.

—Cuando estás lleno de manchas
es que estás sucio —le regaño.

—¡No! Cuando estás sucio hueles mal.

¿Es que no hueles?

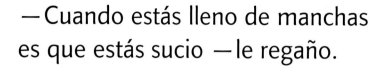

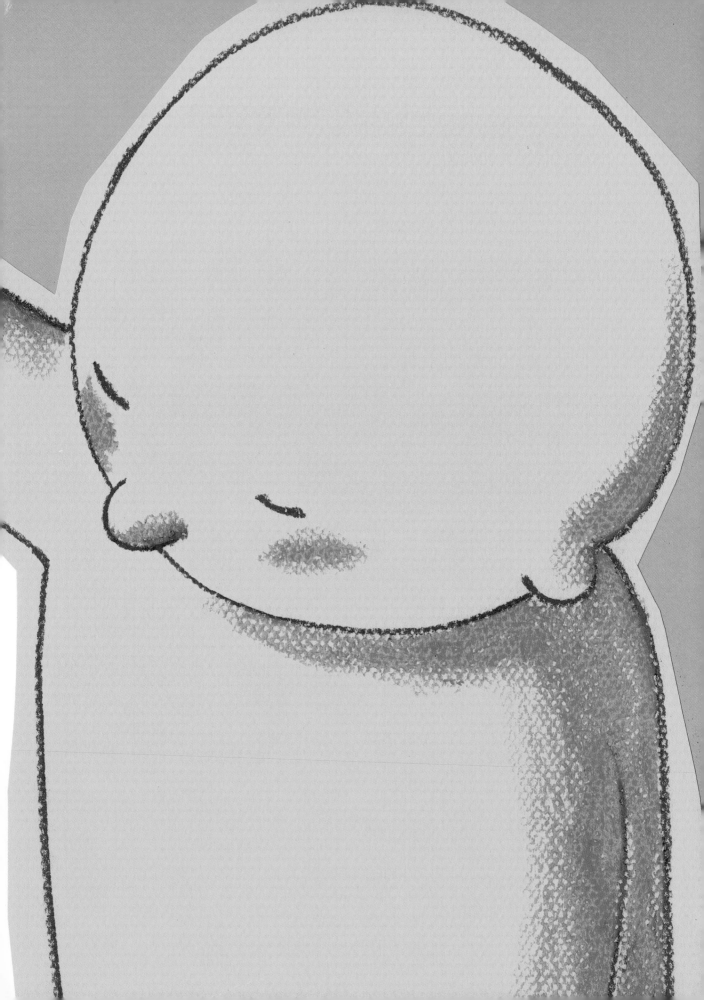

—Te he dicho que el jabón es para lavarse —le explico.

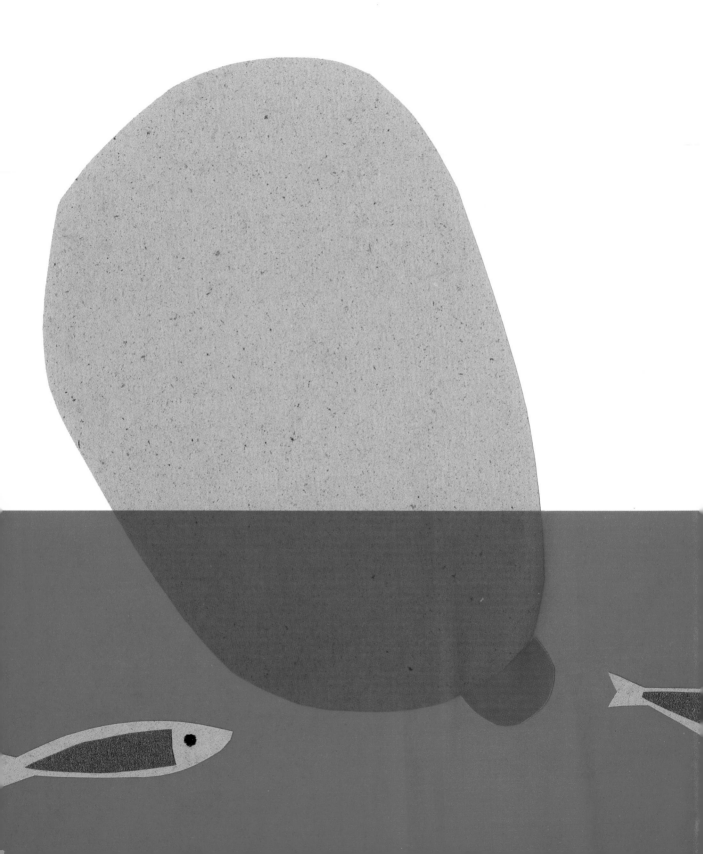

—El jabón es una piedra
que se deshace y huele bien.

Toma.

—La bombilla es una cosa que da luz.

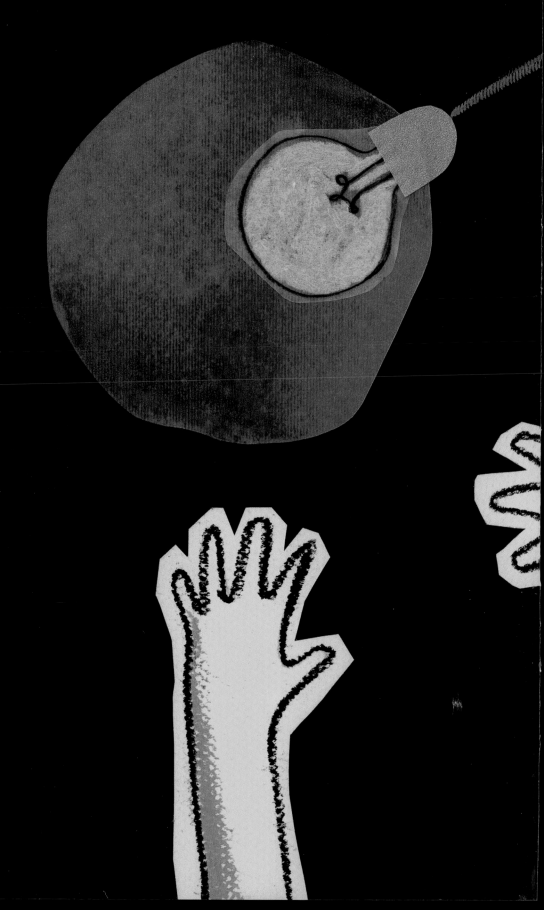

—No, la bombilla es una pelotita
suave y muy caliente.

¡No la toques!

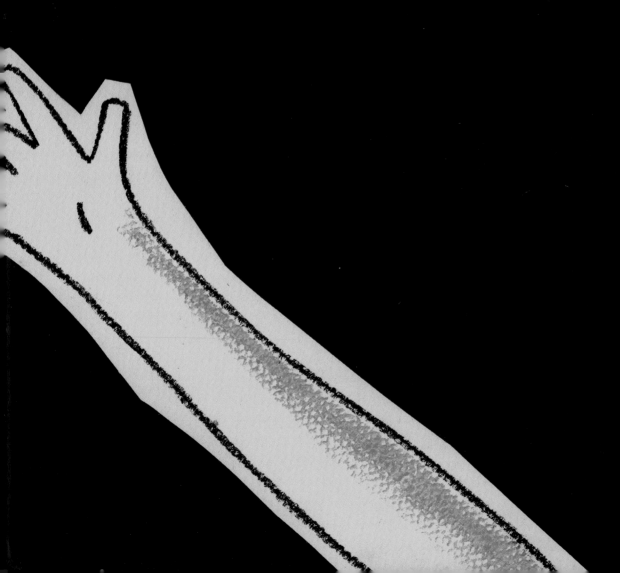

—¿Ves?, la luna es como el sol,
pero de color blanco —le explico.

—No, la luna es un montón de grillos
que cantan en nuestro jardín.

¿No los oyes?

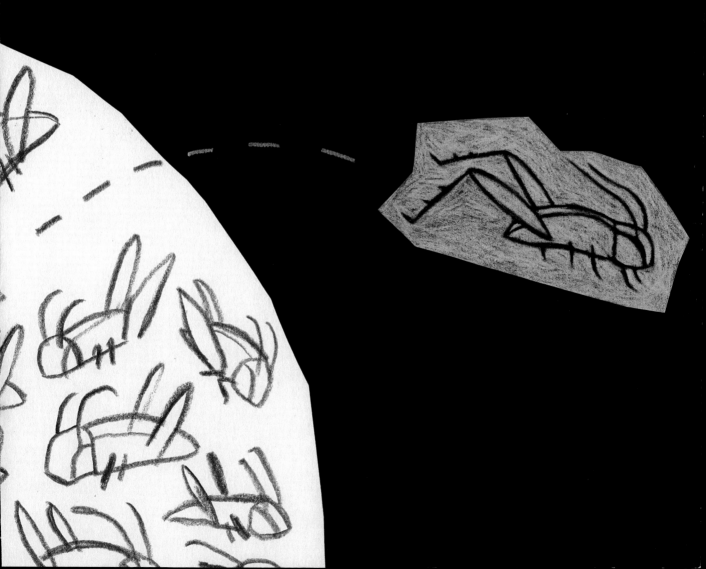

—Papá es alto y lleva sombrero.

—¡Qué va!, papá es un beso que pica
y huele a pipa —dice alzando los brazos.

—Cuando se hace de noche
todo el mundo se va a dormir.

—¡No!, cuando se hace de noche
se despiertan las cosas pequeñas
—me susurra.

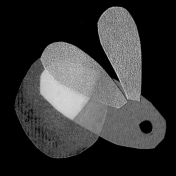

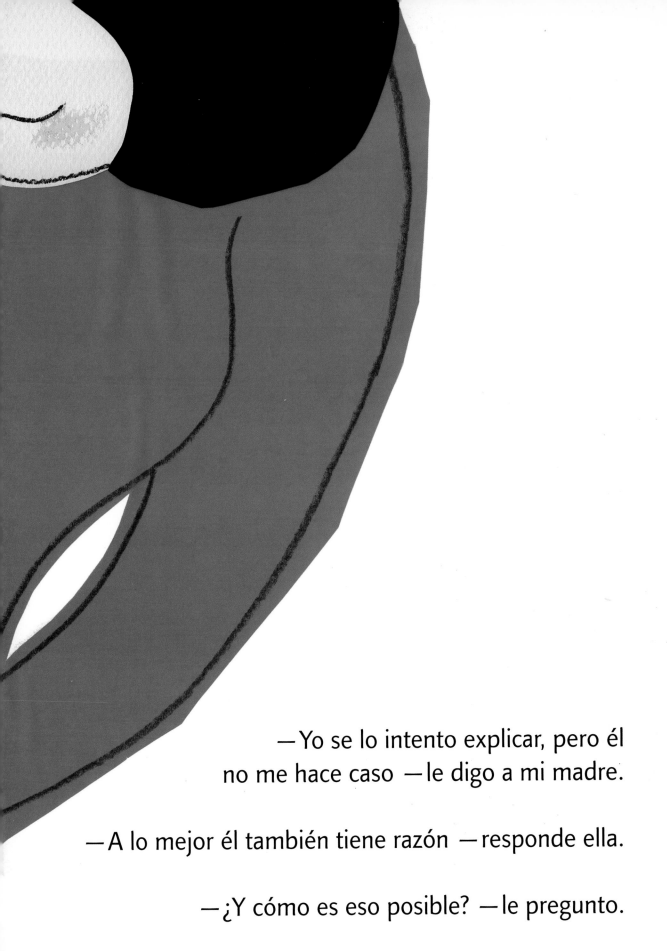

—Yo se lo intento explicar, pero él
no me hace caso —le digo a mi madre.

—A lo mejor él también tiene razón —responde ella.

—¿Y cómo es eso posible? —le pregunto.

—¿De verdad quieres saberlo?

—Entonces... *cierra* los ojos.

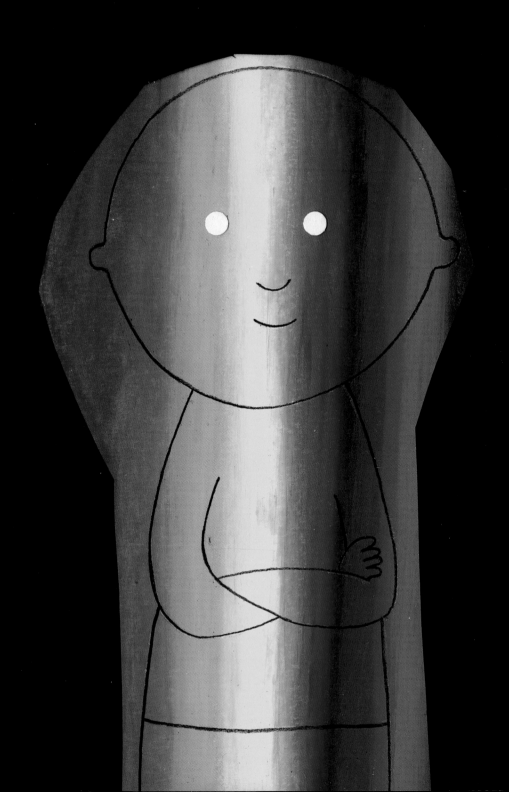

Cierra los ojos

© 2009 Victoria Pérez Escrivá (texto)
© 2009 Claudia Ranucci (ilustraciones)
© 2009 Thule Ediciones, S.L.
    Alcalá de Guadaira, 26, bajos
    08020 Barcelona

Director de colección: José Díaz
Diseño y maquetación: Jennifer Carná

ISBN: 978-84-96473-98-0

Impreso en China

www.thuleediciones.com